海岱诗丛（第二辑）

曹南诗词

山东诗词学会
中共曹县县委宣传部　编
曹县诗词学会

中国书籍出版社
China Book Press

图书在版编目（CIP）数据

曹南诗词 / 山东诗词学会，中共曹县县委宣传部，曹县诗词学会编． -- 北京：中国书籍出版社，2022.9
（海岱诗丛．第二辑；3）
ISBN 978-7-5068-9178-3

Ⅰ．①曹… Ⅱ．①山… ②中… ③曹… Ⅲ．①诗词－作品集－中国－当代 Ⅳ．① I227

中国版本图书馆 CIP 数据核字（2022）第 163559 号

曹南诗词

山东诗词学会　中共曹县县委宣传部　曹县诗词学会　编

策　　划	毕　磊
责任编辑	毕　磊
责任印制	孙马飞　马　芝
封面设计	庄俨俨
出版发行	中国书籍出版社
社　　址	北京市丰台区三路居路 97 号（邮编：100073）
电　　话	（010）52257143（总编室）　（010）52257153（发行部）
电子信箱	eo@chinabp.com.cn
经　　销	全国新华书店
印　　刷	山东麦德森文化传媒有限公司
开　　本	787×1092 毫米　1/16
字　　数	4600 千字
印　　张	226
版　　次	2022 年 9 月第 1 版　2022 年 9 月第 1 次印刷
书　　号	ISBN 978-7-5068-9178-3
定　　价	480.00 元（全 12 册）

版权所有，翻印必究

海岱诗丛（第二辑）
《曹南诗词》编纂委员会

主　　编：赵润田
执行主编：阎兆万　王泽坤
编　　辑：马明德　辛崇发　贺宗仪

海岱诗丛·总序

经过一番忙碌，海岱诗丛终于面世了。山东诗词学会诸位同仁推我作序，欣欣然而从命。

海岱者，山东之谓也。这套丛书收录的是当下山东诗人及诗词爱好者刚刚创作的诗、词、曲、赋，花开千树，清露未晞，芳香浓郁。丛书出全，约费五年之功，达百册之巨，规模可类《全唐诗》，是新时代山东诗词创作的盛大检阅，亦是齐鲁诗坛俊逸之才的精彩展示。

山东地处黄河下游，历史悠久，文化厚重。在这片英雄的土地上，我们的先人创造了源远流长、光辉灿烂的文化。就诗词而言，从孔夫子删编《诗经》算起，两千多年来，历代诗人词家灿若群星，名篇佳作难以胜数，尤其出了刘桢、王粲、李清照、辛弃疾、张养浩、王禹偁、晁补之、李攀龙、谢榛、王士禛等宗师大家，皎如日月，彪炳诗坛。时至今日，齐鲁大地诗风甚盛。嘉节吉时，常见诗人雅会，乡镇社区，时闻吟诵之声，年无分长幼，皆以习诗为雅、能诗为荣。尤其近年党中央倡导弘扬中华优秀传统文化，诗词事业更得浩荡东风，千帆竞发，百舸争流，蓬蓬勃勃，一派兴盛气象。

山东诗词学会，成立于一九八四年，是在省民政厅注册登记的民间社团组织，隶属于省政协办公厅，以推动诗词繁荣为宗旨。面对先贤昔日辉煌，面对时代强力呼唤，面对文朋诗友殷切期待，二〇一九年四月，全省第四次会员代表大会提出，以习近平新时代中国特色社会主义思想为指导，团结奋斗，扎实工作，推动山东诗词事业持续健康发展，力争早日使山东诗词整体水平，与山东人口大省、文化大省、诗词大省的地位相匹配，与山东在全国经济社会格局中的地位相匹配，为实现省委、省政府提出的"走在前列，全面开创"的总体要求、为建设现代化强省贡献力量。围绕落实既定目标，于是就有了"六个一"活动，包括有了这套海岱诗丛。

所谓"六个一"活动，是省学会与县市区优势互补、互利共赢、联手推动诗词发展的一种合作模式。具体做法是，由县市区负担所需经费、组织人员、提供场地，而省学会在一年内为其提供六项服务。包括在该县市区举办一次高端诗词培训，邀请一批省内外著名诗词专家讲座，与文朋诗友面对面切磋指导；组织著名诗人进行一次采风活动，创作诗词曲赋，赞美该区域悠久历史、著名景点、淳厚风情；组织一次诗词有奖征文比赛，巩固培训成果，让风人骚客同场竞技、展示才华；策划一次集中宣传报道，在省以上报刊网站，全面推介该县区发展成就、经济优势、文旅特色、典型经验；正式出版一册诗集，汇纳该区域优秀诗作，展示诸位诗友胸襟才情，反映独特社会风貌；收集一套涵盖该县区历代诗人诗作资料，从先秦至民国，应收尽收，由省学会汇总编入《山东诗藏》，以资后世学习研究之用。

作为丛书，作者众，诗作多，规模大，则长短兼具，瑕瑜互见。优势在于，覆盖面大，代表性强，品类齐全，美不胜收。其中既有抗洪抗疫之时代强音，犹如黄钟大吕，振聋发聩，也有城乡工农之平凡生活，寓目辄书，情趣横生；既有春花秋月夏云冬雪传统美境，也有高铁航天手机网络现代意象。春兰秋菊，各擅胜场，慢慢品酌，各有妙处。正如一滴水可以折射太阳的光辉，当连续吟诵、沉湎欣赏，慨叹时代生活的丰富繁华，感受诗人词家的情感激荡之外，可以体悟各种抒发背后的骄傲与自信、悠闲与满足、宽容与厚重、开放与张扬，这些都是经历过大起大落、处在奋发向上环境中所特有的。它充满生机活力，属于我们这个特定时代。

丛书之长，恰恰亦为其短。诗坛耆老味道醇美之作，只是一类，书中还确有些初窥门径，几近处女之作，犹之孩童蹒跚学步，其作品稚嫩一目了然，此类作品在书中占有一定比重。省学会已注意到这个问题。非不为也，实不能也。要提高其质量，并非一日之功，而省学会精锐饱学之士也为数非多，难以具体指导，况且时间也不允许。面对这种境况，只要政治立场、情感基调无大偏差，格律说得过去，我们就放行录入。这就使得该书诗作参差不齐，确有个别作品可能难入法眼，只能请方家以允许百花齐放之博大胸襟，予以包容。然而依我浅见，对初学之人、年轻后辈，也未可小觑。一番勤学善思，"干之以风力，润之以丹彩"，有佼佼者成长为辛、李大家，也未可知。毕竟世间无奇不有，万事皆有可能！

相对既定目标，当前所为，不过刚刚开端，展望今后，任重而道远。但既然走出第一步，有了决心、行动、典型和经验，达成既定目标便没有任何游移和悬念。可以设想，五年又或六年，当所有计划项目都事功圆满之后，山东大地，会有更多的人喜欢诗词、吟诵诗词，创作诗词，诗词大军更加宏大而严整；海岱诗坛，会有更多精品力作，如泉喷涌，万紫千红，新干老枝愈益果实累累。那时，回望今日，我们会为自己做了正确而大有价值之事，而感到骄傲和自豪。

是为序。

赵润田
二〇二二年八月

《曹南诗词》序

奏响了传统文化前行的号角，沐浴着古典诗词复兴的春风。曹县诗词学会在各级党委政府的关怀下，在社会各方人士的大力协助下，于2021年7月顺势而生，协会的成立，聚集了更多诗词爱好者的智慧和力量，《曹南诗词》正是在此大背景下，完成收稿、组稿、审稿等方面的工作，正汇编成册，出版成书，与读者朋友们见面。

群星璀璨地，千古一文脉。说到《曹南诗词》，笔者认为它不仅仅是一本书，更重要的是曹南大地上亘古至今的一条重要"文脉"，是古曹州厚重历史上不可或缺的传统文化符号。在此，我们有必要沿着曹南历史这条文化长河，重新梳理认识下"曹南诗词"这条重要文脉的古往今生……

曹南，位于山东省的最西南部，为古曹州的雅称。因曹县属地左城东二十里有南山，《春秋·僖公十九年》载："宋人、曹人、邾人会盟于曹南。"后来人们就习惯把曹州府辖地（今山东菏泽市）统称为"曹南"。而曹县是曹南重要的一部分，又是中华文明的重要发祥地之一，素有"商汤开国地，华夏第一都"之称，可谓："历史悠久，文化璀璨"。中华母亲河——黄河，历金、元、明、清时期在曹县境内流淌700余年，让这片古老的土地受到黄河文化的久久浸润，成为其历史文化长河中重要的文脉之一。也使得曹县这片故土上涌现出了许多著名的文人雅士、政要显贵等人物，留下了数以千计弥足珍贵的壮丽诗篇。

江上代有才人出，各领风骚数百年。如：唐末起义领袖黄巢，著名的《赋菊》就写于他起义前的家乡古冤句济阳（今曹县庄寨镇白茅村）。明朝铁面尚书李秉，在1436年考中进士时，在这里写下了他的得意之作《初登第》，激发了历朝历代许多寒门士子发奋读书，成国之栋梁。著名帝师陈延敬，路过曹县时写下了著名的《漆园城诗话》。宋代·范仲淹写于曹县的《题尧庙》，唐代·高适写于曹县的《和崔二少府楚邱城作》，明代·王崇仁的《河人曹南》等名家名篇。特别是近代大儒清翰林编修徐继孺和大儒李经野发起成立的"曹南诗社"对后世"曹南诗词"文化影响深远。徐继孺穷毕生心血著述的《曹南文献录》共计82卷，100多万字，被后世尊为"曹州文史大全"。其中仅诗词就占有多卷，现已印为上下卷诗抄，约1000多页。

　　秋风知我意，吹梦到曹南。时至今日，在省市诗词学会的领导和支持下，曹县的诗藏工作也取得了突破性进展，现已出版发行古诗词36卷，收录古诗词3000多首。今又逢《曹南诗词》成书出版之际，无异于为曹县的诗藏工作锦上添花。本辑《曹南诗词》是在收录各方诗词名家和本土诗词爱好者精品力作的基础上，汇聚成册、集合成书。饱含着各位作者的写作心血以及多年来对传统诗词文化的无私热爱和由衷坚守。

　　此举，对于继承和发扬中华诗词文化，繁荣曹县诗词创作，深化地方诗词研究和拓展诗词工作具有重要的现实意义。也为下一步，文化强县，增强诗词文化感染力，提升曹县文化综合竞争力指明了方向。相信《曹南诗词》的出版和发行，会让更多的诗词爱好者参与进来，提高写作积极性，将家国情怀融入到诗词歌赋的写作中来，以提升菏泽人民的人文素养，努力创作出更多具有思想性、时代性、艺术性高度融合的诗词精品，创作出更多讴歌祖国，赞美时代，褒扬曹南的文学作品……

曹县文联主席　陈　霞

目　录

◎ 海岱诗丛·总序

◎《曹南诗词》序

采风作品

王厚今 ···································· 01
　　拜谒徐继儒故居 ···················· 01
布凤华 ···································· 01
　　访曹州牡丹 ·························· 01
李树喜 ···································· 02
　　题四君子酒 ·························· 02
　　曹州访牡丹不值 ···················· 02
　　曹州诗阵 ······························ 02
　　羊汤打油 ······························ 02
　　冬至谒伊尹墓 ······················· 02
杨守森 ···································· 03
　　曹县黄河故道有感 ················ 03

张延龙 ······ 03
　　过伊尹墓 ······ 03
　　离商都 ······ 03

郝铁柱 ······ 03
　　曹县徐继儒故居观感 ······ 03
　　曹县青岗集社区观感（新韵）······ 04
　　曹州元圣祠谒伊尹（新韵）······ 04

耿建华 ······ 04
　　访大集镇淘宝街 ······ 04
　　唐多令·游黄河故道国家湿地公园 ······ 04
　　曹县行 ······ 05

阎兆万 ······ 05
　　水调歌头·题曹县新建黄河故道国家湿地公园 ······ 05

薄慕周 ······ 05
　　巾帼英杰王银香 ······ 05
　　黄　巢 ······ 05
　　临江仙·曹县黄河故道湿地公园 ······ 06
　　瞻伊尹雕像 ······ 06
　　瞻曹县伊尹墓 ······ 06
　　悼黄巢 ······ 06
　　南乡子·庄寨祭庄子 ······ 06
　　曹县大集镇淘宝人 ······ 07
　　唐多令·曹县黄河故道国家湿地公园 ······ 07

征稿作品

万东坤 ·· 08

  黄河故道泛舟（古风）··· 08

  中秋月（古风）·· 08

  访志臣友（古风）··· 08

  习书（古风）··· 09

  咏鹰（古风）··· 09

马先军 ·· 09

  行香子·春游万亩荷塘（新韵）··· 09

  蜡梅树下吟读（新韵）·· 09

  树下笛声（新韵）·· 09

  春分时节曹县乡村游（新韵）·· 10

  鹧鸪天·八里湾之春（新韵）·· 10

  鹧鸪天·八里湾之夏（新韵）·· 10

  鹧鸪天·八里湾之秋（新韵）·· 10

  鹧鸪天·八里湾之冬（新韵）·· 11

  西江月·骑行至八里湾（新韵）·· 11

  行香子·暮春（新韵）··· 11

王　华 ·· 11

  周末畅游八里湾（新韵）·· 11

  曹南印象（新韵）·· 11

  思帝乡（新韵）·· 12

  如梦令·出游（新韵）··· 12

  如梦令（新韵）·· 12

上林春令（新韵）·· 12

破阵子·参加曹县作协年会有感（新韵）·················· 13

破阵子·辞旧迎新 ··· 13

临江仙·立春（新韵）··· 13

王雨魁 ·· 13

赞曹县旧城改造 ·· 13

赞南海大阅兵（古风）·· 14

桃园剪影（古风）··· 14

献给离退休教师（古风）······································· 14

赞关工委（古风）··· 14

赞建党百年首都盛大庆典（古风）·························· 14

夜雪（古风）··· 15

天 阔 ·· 15

卜算子·书记的耳光（新韵）·································· 15

王恭慈 ·· 15

茉莉花 ·· 15

海棠（古风）··· 15

学书（古风）··· 15

牡丹（古风）··· 16

自画像（古风）·· 16

盛夏见紫藤花开（古风）······································· 16

王晓新 ·· 16

万亩荷塘野炊（古风）·· 16

公园秋赏雨（古风）··· 17

北环岛银杏林（古风）·· 17

游成武文亭湖（古风）·· 17

卢玉莲 ·· 17
 蝶恋花·闻友人逢疫情赏牡丹未得 ············· 17

邓文剑 ·· 18
 破阵子·自勉 ·· 18
 仿水调歌头·瞻仰鲁西南烈士陵园 ·············· 18
 仿水调歌头·望北斗感怀 ························· 18
 自度曲·曹县关工委礼赞 ························· 18
 仿钗头凤·乡归 ······································ 19
 仿沁园春·新时代感赋 ···························· 19
 仿鹧鸪天·繁星闪耀曹南空 ······················ 19

冯荣乡 ·· 20
 赞商都 ·· 20
 学书有感（古风）································· 20
 庆香港回归（古风）····························· 21
 赞连长（古风）····································· 21

刘　翔 ·· 21
 雪　赋 ·· 21
 游八里湾有感（新韵）··························· 22
 踏春（古风）·· 22
 玉米（古风）·· 22
 观花偶感（古风）································· 22
 教师节献礼（古风）····························· 22
 月季花开（古风）································· 23

刘传旺 ·· 23
 守朴（古风）·· 23
 咏和氏璧（古风）································· 23

上班早行（古风） ……………………………………… 23

思念（古风） …………………………………………… 23

刘进法 ……………………………………………………… 24

雪　梅 …………………………………………………… 24

巡逻（古风） …………………………………………… 24

过秦岭 …………………………………………………… 24

守边关（古风） ………………………………………… 24

庆祝建党百年（古风） ………………………………… 24

赏　梅 …………………………………………………… 25

刘艳军 ……………………………………………………… 25

赞圣贤庄子 ……………………………………………… 25

咏庄子 …………………………………………………… 25

颂开国领袖毛主席（古风） …………………………… 25

曹县青岗集金银花基地采风（古风） ………………… 26

游曹县唐庄梨园记（古风） …………………………… 26

曹县支援武汉医疗队礼赞（古风） …………………… 26

临江仙·暮秋 …………………………………………… 26

满庭芳·贺曹县诗词学会成立（新韵） ……………… 27

自度曲·西来金风 ……………………………………… 27

刘颂军 ……………………………………………………… 27

鹧鸪天·赞农村电商 …………………………………… 27

西江月·看央视《平语近人》（新韵） ……………… 27

仿满江红·咏红三村 …………………………………… 28

仿满江红·祭曹县革命先驱马列主义传播者孔庆嘉 … 28

满江红·祭曹县革命先驱抗战司令员朱程（新韵） … 28

踏莎行·题伊尹贤相 …………………………………… 28

仿鹧鸪天·马金凤大戏楼 ……………………………… 29
　　自度曲·喜曹县城大道通畅 ……………………………… 29
　　沁园春·观城乡老少联谊文体展演活动见感 ……………………………… 29
　　西江月·万亩荷塘（新韵） ……………………………… 29
　　仿沁园春·游八里湾风景区 ……………………………… 29

祁万青 …………………………………………………………… 30
　　参观武植祠有感（古风） ……………………………… 30
　　到上海（古风） ……………………………… 30
　　读《望岳》有感（古风） ……………………………… 30
　　自度曲·有感七夕 ……………………………… 31
　　自度曲·寻根井冈 ……………………………… 31

李　子 …………………………………………………………… 31
　　荷　恋 ……………………………… 31
　　春到八里湾（新韵） ……………………………… 31
　　惊　蛰 ……………………………… 31
　　重阳节感怀（古风） ……………………………… 32
　　70诞辰感怀（古风） ……………………………… 32
　　临江仙·山东曹县万亩荷塘书怀 ……………………………… 32
　　仿水调歌头·身正国风廉 ……………………………… 33
　　仿风入松·新年书怀 ……………………………… 33
　　一从花·文人雅聚 ……………………………… 33

李祁箐 …………………………………………………………… 34
　　曹县赋 ……………………………… 34
　　游万亩荷塘（古风） ……………………………… 35
　　赏八里湾风景区（古风） ……………………………… 35
　　环卫工人颂（古风） ……………………………… 35

对弈（古风） …… 35
　　致师友（古风） …… 35
李继立 …… 36
　　赠友人（古风） …… 36
　　春日忆（古风） …… 36
　　江南即景（古风） …… 36
李雪芹 …… 36
　　田中劳作 …… 36
　　述志（古风） …… 36
　　收麦（古风） …… 37
　　忆昔收麦（古风） …… 37
　　薰衣草（新韵） …… 37
　　八里湾遇雨（古风） …… 37
　　荷趣（古风） …… 37
杨玉汉 …… 37
　　水犯郑州 …… 37
　　夏日骤雨（新韵） …… 38
　　庆祝建党100周年（古风） …… 38
张玉华 …… 38
　　自度曲·天问一号升空有感 …… 38
　　自度曲·诗丐 …… 38
　　自度曲·江郎才尽有感 …… 39
　　自度曲·中国风 …… 39
陈　力 …… 39
　　自题（古风） …… 39
　　自度曲 …… 39

赵自强 ·· 39
    清明随笔（古风）······························ 39
    秋夜感怀（古风）······························ 40
    自度曲·竹林问道······························ 40
    自度曲·咏竹································ 40
    自度曲·寂秋································ 40

赵清社 ·· 41
    曹县赋···································· 41
    贺诗词学会年终总结大会························ 41
    咏　梅···································· 41
    江南小聚（古风）······························ 42
    自度曲·立秋赏荷······························ 42
    自度曲·八一南昌起义感怀······················ 42

赵德聚 ·· 42
    夏日树下小憩································ 42
    芦荻（古风）································ 43
    夜来香（古风）······························ 43
    雨中江边漫步（古风）·························· 43
    自题寒舍（古风）······························ 43
    秋雨（古风）································ 43
    春日郊游书所见（古风）························ 44

姚宗亮 ·· 44
    曹县赋···································· 44
    中国共产党百年华诞赋·························· 46
    庚子战"疫"记································ 48
    秋之赋···································· 50

自度曲·醉美对子莲 ················· 51

自度曲·曹县诗词学会成立志贺 ········· 51

荷塘览胜（古风）················· 51

荷塘月色（古风）················· 51

荷塘之约（古风）················· 52

春笋（古风）··················· 52

春之韵（古风）·················· 52

袁志臣 ························ 52

元宵节（古风）·················· 52

葡萄（古风）··················· 52

无花果（古风）·················· 53

咏菊（古风）··················· 53

曹县赞（古风）·················· 53

聂元东 ························ 53

所　见 ······················ 53

初送"烟花"雨后（古风）············ 53

游梁山（古风）·················· 54

清明（古风）··················· 54

咏荷（古风）··················· 54

孙膑旅游城（古风）················ 54

贾炳坤 ························ 55

春风（古风）··················· 55

游万顷荷塘（古风）················ 55

醉酒（古风）··················· 55

二月二自诩（古风）················ 55

洪灾（古风）··················· 55

徐广征 ·· 56
西江月·咏荷 ·· 56
致诗友 ··· 56
观钓者（新韵） ··· 56
怀　旧 ··· 56
中秋偶感（新韵） ······································· 57
迎春（新韵） ··· 57
北京冬奥赞（新韵） ····································· 57
鹧鸪天·中秋之夜（新韵） ······························· 57
长相思·叶子（新韵） ··································· 58
沁园春·全国文代会召开感兴（新韵） ····················· 58
沁园春·北京冬奥兴怀（新韵） ··························· 58

高巧云 ·· 58
行香子·游万亩荷塘 ····································· 58
自度曲·有感天阔老师《周书记的一记耳光》················ 59
西江月·游万亩荷塘 ····································· 59
卜算子·重阳 ··· 59
喝火令·中秋有思 ······································· 59
喝火令·贺鲁西南文苑 ··································· 59
卜算子·狂浪春风 ······································· 60
卜算子·踏青 ··· 60
一剪梅·春雨春雪 ······································· 60
西江月·今夜下弦月 ····································· 60

高惠娟 ·· 60
蝶恋花·周末与闺蜜赏牡丹 ······························· 60

韩淑静 ... 61
蝶恋花·咏牡丹 ... 61

程洪春 ... 61
春　吟 ... 61
和平鸽（古风）... 61
老班长（古风）... 61
孟春雨夹雪（新韵）... 62
赞西藏边防军人（古风）... 62

蓝守云 ... 62
春草（古风）... 62
春雪（古风）... 62
春花（古风）... 62
庚子十一月十四夜大雪（古风）... 63
春游八里湾感怀（古风）... 63

潘金存 ... 63
万亩荷塘观荷咏 ... 63
游万亩荷塘（古风）... 63
贺曹县诗词培训班开班（古风）... 63
曹县荷花节（古风）... 63
观荷（古风）... 64
元旦（古风）... 64

采风作品

◆ 王厚今

拜谒徐继儒故居

寻常宅院出名流，志士灯光昔日幽。

一部曹南文献录，千年桑梓汗青收。

曾查腐鼠除民害，更斩洋妖雪众仇。

壮志难酬逢末世，故园沥血著春秋。

注：徐继儒（1858—1917），曹县人。任山西潞安知府时，因捕杀7名传教士，被迫出走，隐居著述7年。返晋后，曾奉命核查巡府侵吞款项案，名重一时。1902—1911年，回乡汇集自周朝至清末曹州十几县的文献史料，编撰了近200万字的历史宝藏《曹南文献录》，并应邀审定了各县县志。

◆ 布凤华

访曹州牡丹

驱车拂晓访曹州，万顷红云正豁眸。

羞煞长安妃子貌，黯然武曌玉搔头。

腮凝珠露何雍雅，冠带晴曦转气遒。

袅袅暮烟催远客，归来衣袖暗香浮。

◆ 李树喜

题四君子酒

渚泽四君子，声名天下闻。

满湖都是酒，刚好醉诗人。

曹州访牡丹不值

久慕曹州是此花，冬深造访遇时差。

倘如开在雪天里，我必携诗献酒茶。

曹州诗阵

联结东南西北中，大河底蕴古原风。

牡丹颜色佳天下，不及诗花四季红。

羊汤打油

何方美食最为高，南北东西竞绝招。

羊汤红白连三碗，不枉人间走一遭。

冬至谒伊尹墓

亭台古井气萧森，日色昏黄拜古坟。

历代贤材出草野，从来权贵误人君。

调羹调味谐家国，习礼习书教子民。

许是渊源出伊尹，羊汤滋味最堪珍。

◆ 杨守森

曹县黄河故道有感

北徙黄河念故道，滔滔东去业经曹。

虽怜玄鸟空中舞，却叹流民无处逃。

愧感洪灾成往事，欣闻热土益妖娇。

格桑花海人熙攘，万亩荷塘尽逍遥。

◆ 张延龙

过伊尹墓

亳分南北县名清，名相坟茔两地争。

尽是蓬蒿一抔土，精神传继万年同。

离商都

北亳蜚声久，商都负盛名。

古道存遗迹，殷庙有坟茔。

圣王立国事，贤相伺朝功。

文脉育后辈，世代出英雄。

今朝中原貌，可令古人惊。

我来三日短，多少不了情。

◆ 郝铁柱

曹县徐继儒故居观感

做人入仕仰一流，今谒故居神韵幽。

疾恶如仇心性铁，著文扬善忘身修。

曹县青岗集社区观感（新韵）

大野群楼紫气腾，徜徉街道赞洁清。
莺歌燕舞广场闹，叟趣童吟闲处盈。
花圃金银名岁月，陶园服务拂春风。
农田流转绘新景，筑梦乡村力振兴。

曹州元圣祠谒伊尹（新韵）

千秋黄土野蒿茔，端座殿堂殷庙青。
襄理五王勋业建，厨神万事雅情生。
信仁为政宏人道，乐善显灵扬古风。
香火袅烟来紫气，曹州府有我一翁。

◆ 耿建华

访大集镇淘宝街

电商小镇百花开，青紫黄红霓羽裁。
车队运春春满眼，江南江北浩风来。

唐多令·游黄河故道国家湿地公园

千古卷狂飙，黄河故道消。万亩湖、白鹭翔辽。叶下藕藏枯梗立，蒹葭岛、荻花高。　仲夏艳荷娆。游人聚若潮。旧湖山、已换娥姣。月下宾朋同举酒，放眼望、好风涛。

曹县行

商汤开国地，华夏第一都。

沃野铺千里，平湖戈百凫。

高楼遮碧落，大道入青芜。

元圣调仙味，群贤育果蔬。

芙蕖开万亩，网店聚亿铢。

风电光明送，韵达快递倏。

腾飞张铁翼，众手绘新图。

◆ 阎兆万

水调歌头·题曹县新建黄河故道国家湿地公园

九曲卷尘水，万里歇龙湾。百年何事沉寂，浪啸隐云烟。应叹泥淤霸道，更有天倾恣意，秋穗矮蒿肩。风疾驱寒鹭，渔舨晒荒滩。　旗影动，雁声脆，涨溪川。喊来万荻飞雪，千鸟步悠闲。湖漾风吟荷韵，堤染春衔桃色，歌醉稻花田。但见清时月，惊目撼新颜。

◆ 薄慕周

巾帼英杰王银香

不点胭脂不化妆，敢拼敢闯俏徐娘。

养牛数万零污染，鲜奶名牌四海香。

黄　巢

千年风雨荡尘烟，唯有题花志不凡。

救世除贪嫌马笨，济民灭朽恨刀残。

神兵十万魂仍在，剑戟三千血未干。

啼鸟声声青帝梦，回旋杨柳树行间。

临江仙·曹县黄河故道湿地公园

万亩多情多意水,摇花晃叶缠绵。招来百鸟醉中旋。万羊齐照影,芦苇舞蹁跹。　　如画亭台低首看,鱼虾鸥鹭悠闲。轻舟点点采秋莲。商汤魂若在,笑意到眉边。

瞻伊尹雕像

望远双眸气势雄,须飞眉翘傲苍穹。

如烹小菜安邦句,今日读来仍动容。

瞻曹县伊尹墓

伊尹鸣殷古有名,乘舟梦日化坟茔。

蓬蒿大爱遮黄土,送往迎来枯又青。

悼黄巢

世人谁不颂齐王,今日尤怜傲骨香。

仗剑呼来千万众,扬鞭策马灭残唐。

南乡子·庄寨祭庄子

举酒祭庄周,如见鲲鹏自在游,蝴蝶梦中堪笑梦。悠悠,闲著《南华》笔不休。　　盆鼓道存留,驾鹤升天胜帝侯。有会化无无化有,何忧。一卷《逍遥》解万愁。

曹县大集镇淘宝人

一台电脑巡商界,手指轻敲获万财。

张臂迎新新获利,开襟待客客飞来。

唐多令·曹县黄河故道国家湿地公园

万顷藕香飘,千群野鹭娇。醉曹州、碧水迢迢。水上人家桃李渡,舟轻荡,苇轻摇。　　飞鹤唱声高,游人涌似潮。看商汤,换了新袍。河渚渔歌声曼妙,这画卷,是谁描?

征稿作品

◆ 万东坤

黄河故道泛舟（古风）

碧波荡漾拂春风，小舫悠游雅趣生。

远眺田园盈画意，近观鱼蟹涌诗情。

繁花尽染金河岸，翠鸟争鸣绿树层。

天下风光何处好，泱泱故道露峥嵘。

中秋月（古风）

月到中秋分外明，银辉普洒天地中。

贫富贵贱尽可赏，不收人间半文铜。

访志臣友（古风）

东坤访友袁庄行，一路春风伴鸟鸣。

昔贤闻客曾倒屐，今君踏车数里迎。

无边菜花金铺地，不及志臣送我情。

习书（古风）

解忧抒怀习书法，何曾奢望成大家。
甘当深山无名草，秋冬枯萎春又发。

咏鹰（古风）

翱翔长空志高远，风雨兼程若等闲。
一颗雄心蓝天上，万里江山任君览。

◆ 马先军

行香子·春游万亩荷塘（新韵）

暂避繁华，踏路出发。过堤旁、青柳摇纱。杏英舞雪，桃下人家，有翁扶锹，妪翻地，犬依娃。　　库水飞鸭，树吐红芽。鸟鸣空、轻落平沙。菜花香透，对岸篱笆。看一湖云，几只鹭，半溪花。

注：此作获"大美曹县"诗词征稿二等奖。

蜡梅树下吟读（新韵）

情自脱俗趣自高，晶冰玉蕾早相邀。
冷香树下能飘满，更有吟读震树梢。

树下笛声（新韵）

山涧奔流绕水村，鹧鸪飞起隐林深。
笛横疏影梅花落，吹彻江南万里春。

春分时节曹县乡村游（新韵）

杏红柳淡退严寒，欲沐熏风不用钱。

新岸先掐苔菜嫩，古堤再采荠芽鲜。

来时飞鸟鸣盈树，归去香枝影满肩。

身暖买得啤酒爽，若无微醉负花天。

鹧鸪天·八里湾之春（新韵）

霾去天澄宇宙明，柳丝斜摆碧波清。野鸭潇洒戏湖暖，民众闲来送冷风。　　新绿淡，碎荫轻。难描锦簇有几重。花丛深处炉烧烤，人醉春风瓶酒空。

鹧鸪天·八里湾之夏（新韵）

万顷縠纹泛碎光，觅鱼鸥鸟任飞翔。半池菡萏香风起，一岸渔竿钓线忙。　　暑气燥，热波狂。法桐林下绿天凉。闻声踱步寻人众，叶密蝉鸣麻将扬。

鹧鸪天·八里湾之秋（新韵）

一

飞鸟芦丛鸣不休，群竿垂钓镜湖钩。水清风过波柔荡，天澈云飘纱漫悠。　　弯路静，密林幽，强身健体众人游。远方倒映渔人影，白鹭轻翔落小舟。

二

垂钓清湾伞做营，事繁徒有羡鱼情。露寒以洒林层染，曦暖而和湖半红。　　饥鸟落，冷蝶腾，急飞远处觅残英。西风闲入舟前水，雁字难留万里横。

鹧鸪天·八里湾之冬（新韵）

曲径虹桥踏响冰，微闻佛庙诵经声。红梅抱玉藏芳蕾，蜡木萌金展傲容。　　琼枝重，絮飘轻，鸟腾弧线画寒空。冷风旋雪湖中起，白了奇石与钓翁。

西江月·骑行至八里湾（新韵）

一抹斜阳透暖，半湖碧水觉寒。菊香影映水中天，枫叶绕堤红遍。　　滩浅芦花如雪，收竿古柳泊船。鸟鸣惊动月浮悬，霜夜长空渡雁。

行香子·暮春（新韵）

睡欲蒙眬，风啸窗纱。正夜半、柔雨沙沙。晨来晴彻，云隐天涯。且天明丽、空飘絮、树飞花。　　时将谷雨，春茗储下。任流光、冷暖嗟呀！小屋品戏，洗却浮华。有一盆兰、一砚墨、一杯茶。

◆ 王　华

周末畅游八里湾（新韵）

水阔传蛙声，林幽听鸟鸣。

云花相伴走，衣袂舞春风。

注：此作获"大美曹县"诗词征稿三等奖。

曹南印象（新韵）

一

飞雪芦荻故道旁，秋波天际映霞光。

风云交会寒凝露，无畏红花暗聚香。

二

汉韵霓裳御电商,荷塘白鹭稻花香。
汤王食祖开荒地,雕木今朝渡远洋。

三

湿地丛林远目寒,土肥水阔碧云天。
引来万鸟齐朝贺,振翅高歌自在欢。

思帝乡(新韵)

弦月出。倦躯思返途。素手执茶斜卧,阅诗书。　　遇见瑜伽眷恋,汗如珠。莫怕芳华逝,看云舒。

如梦令·出游(新韵)

亲驾白车抖擞,堤下青桃酸否?亭右众花开,莲碗碧波依旧。西走,西走,俯面薰衣轻嗅。

如梦令(新韵)

策马雪原疾走,天际轻云吹皱。黑发舞银衫,素手拂梅轻嗅。回首,回首,笑看蕊寒香瘦。

上林春令(新韵)

风掣残阳疾走,马踏雪、轻云吹皱。青丝飞舞银衫,携佩剑、望山俊秀。　　驿边素手拂梅嗅,月辉洒、粉蝶难就。星移倩影疏枝,堪惜它、蕊寒香瘦。

破阵子·参加曹县作协年会有感（新韵）

满腹豪情萌发，一腔热血奔腾。百舸争流春水涌，千朵生芳异彩呈。群英年会逢。　　益友点拨迷境，良师引领航程。说赋填词评古韵，听曲吟诗论雅风。安能负此生。

破阵子·辞旧迎新

拂袖前尘归尽，花开同庆新元。需慢捻丁香入酒，可缓弹琴瑟悟禅。岁余少事端。　　运嗓徐吟祥乐，填词喜绣平安。携友听泉登峻岭，轻嗅芳香觅谷兰。迎春享雅欢。

临江仙·立春（新韵）

料峭寒风春唤醒，新泥万物萌发。疏枝老柳始抽芽。瘦林鸣翠鸟，游场跑娇娃。　　波光粼粼藏水草，行人惊走游鸭。飞桥拱月景独佳。草轻染褐毯，梅俏绽红花。

◆ 王雨魁

赞曹县旧城改造

千年旧邑重整修，满眼风光一望收。

棚户拆除起广厦，水系疏浚泛轻舟。

大道开通车流畅，公园铺展景色幽。

古城换上新时装，堪叫西子花容羞。

注：此作获"大美曹县"诗词征稿三等奖。

赞南海大阅兵（古风）

万里惊涛连天涌，统帅南海大阅兵。
战舰驰骋斩骇浪，银鹰呼啸驾长风。
敢下五洋捉鳖蟹，可上九天揽月星。
党在心中剑在手，为国再书青史功。

桃园剪影（古风）

红颜簇拥争相笑，挑逗风情更添俏。
醉了诗人醉客人，手机相册留新照。

献给离退休教师（古风）

教坛耕耘付流年，愿将重任挑双肩。
浩瀚学海扬帆渡，巍峨书山迈步攀。
呕心授业背欲驼，沥血育人鬓已斑。
幼松皆成参天木，笑看龙凤舞长天。

赞关工委（古风）

春风习习桃李开，群众冷暖尽入怀。
情牵学子解忧难，心谋良策育英才。
阳光温暖百姓家，雨露滋润栋梁材。
辛劳只为千秋业，路遥任重大步来。

赞建党百年首都盛大庆典（古风）

广场澎湃红旗潮，颂党歌声逐浪高。
统帅金句如雷霆，激荡五洋万里涛。

夜雪（古风）

天女纤手偷散花，乾坤一夜换新装。

银装素裹似阆苑，玉树琼枝成画章。

绿竹平添一抹白，红梅慢透半缕香。

高楼庭院笑声频，寒冬景色胜春光。

◆ 天　阔

卜算子·书记的耳光（新韵）

本是行伍人，偶做文坛客。得觅文章一"耳"资，全网传"天阔"。　短文博虚名，众口量福祸。又见巴掌济源起，立显对和错。

◆ 王恭慈

茉莉花

星稀月朗人初静，风卷珠帘簟枕凉。

似雪小花开朵朵，一盆茉莉满楼香。

海棠（古风）

夜来风雨海棠凋，无奈红飞香玉消。

幸得春光依旧在，此花谢了彼花开。

学书（古风）

学书非易事，修炼十余年。

百管狼毫秃，三方石砚穿。

临欧无险绝，习赵少清妍。

头上发皆白，和书岂绝缘。

牡丹（古风）

如锦如霞芬芳地，倾城倾国花中王。
雍容华贵杨妃醉，丽质娇美西子妆。
墙外碧桃香已老，池塘菡萏水中藏。
三春独占风光好，牡丹之乡是故乡。

自画像（古风）

廉颇虽老尚能饭，我比将军气更佳。
练拳不曾腰膝软，读书未觉眼昏花。
新诗得意一杯酒，老友忘机三遍茶。
珍惜夕阳时日短，尤盼笔底早生花。

盛夏见紫藤花开（古风）

东墙青藤六余载，枝蔓葱翠覆阳台。
近春含苞始著花，清香缕缕引蝶来。
斯株在院成一景，绿荫清幽似画裁。
晨醒南窗闻鸟语，信是花开伴天籁。

◆ 王晓新

万亩荷塘野炊（古风）

行摄荷塘日当午，履痕串串遍松土。
可叹春迟无佳景，树下言笑和鱼煮。

公园秋赏雨（古风）

细雨润残叶，浅林汇细流，

啄鸟觅虫食，附身银杏后。

曲径人影稀，长廊静依旧，

谁人立亭下，独享白露秋。

北环岛银杏林（古风）

秋意渐深降林木，青绿紫红若色涂。

欲觅园中心仪景，金黄银杏赛黍谷。

游成武文亭湖（古风）

碧水荡漾柳丝青，巨轮参天沐东风。

九孔廊桥连彩塔，几家店坊悬幌旌。

曲岸苇丛隐钓者，孤岛林间翔鹭莺。

留足且看伯乐塑，似闻群马嘶嘶鸣。

◆ 卢玉莲

蝶恋花·闻友人逢疫情赏牡丹未得

谁立堤前生乱绪，半入愁城，半送清明雨。谁念花开朝复暮，空余好梦无人处。　　应信天香关不住，春浅春深，属意风前舞。联袂悬旌摧疫去，安排绮宴邀君赴。

◆ 邓文剑

破阵子·自勉

夜里挑灯读史，黎明散步吟诗。唱段梨园情更切，豪歌铿锵乐未迟。今人谁笑痴。　　炼写素张狂草，研习辛苏妙词。了却诗集付梓事，赢得硕果坠满枝。老夫乐滋滋。

注：此作获"大美曹县"诗词征稿三等奖。

仿水调歌头·瞻仰鲁西南烈士陵园

翠柏护忠骨，碑立耸云天。浩歌勇士难忘，亮剑在当年。抗战浮雕气壮，图像肝胆功烈，能不动心田。瞻拜表胸意，承志火重燃。　　忆前事，涛浪涌，起征帆。降龙荡寇，流血劈路为家园。红色基因传递，时代新人争做，阔步越千山。今日更强盛，圆梦尽开颜。

仿水调歌头·望北斗感怀

翘首望北斗，感慨荡心间。习习风润吹遍，黎庶笑开颜。革故鼎新磨剑，破壁九重龙骜，云路手经天。鲲鹏冲天志，筑梦有新篇。　　解民忧，接地气，葆清廉。垂范尧禹，策重福祉乐声欢。硕鼠腐贪根治，淫奢之风横扫，建树不空谈。旗旌添新彩，尝尽苦辣甜。

自度曲·曹县关工委礼赞

礼赞关工，岁月回眸，硕果煌煌。念关爱萦怀，未来情注，扬帆激荡，托起朝阳。吐尽蚕丝，乐织华锦，茁壮新苗披彩装。情未了，霜眉再扛，花护旗扬。　　高参秉助甘当。又铸就，麒阁榜闪光。喜遐龄"五老"，紧跟时代，催花吐蕊，更有妍香。默默耕耘，老骥伏枥，传递基因谱乐章。观今日，喜晚霞似火，心暖情长。

仿钗头凤·乡归

时难有，长尊走。相逢皆是少年友。乡情暖，乳名喊。笑谈童趣，绽开花脸。灿，灿，灿。　　情如旧，聊不够。小康真恣甜心透。沧桑变，乾坤转。春回丽俏，梦圆还看。盼，盼，盼。

仿沁园春·新时代感赋

血铸锤镰，唤醒蛰龙，翘首昂天。忆狂澜力挽，蓝图绘就，回春妙手，俊彦承传。继往开来，惠民独厚，风雨兼程力越攀。弘宗旨，看高标盛举，撸袖冲关。　　古来取宜守难。除硕鼠，倡廉治本源。赞中枢贤能，雄姿尽展，初心不忘，揣梦奔前。一带通商，千秋丝路，欧亚金流万里连。新时代，正心中有岸，风起扬帆。

仿鹧鸪天·繁星闪耀曹南空

合奏拨弦邀乐鸣，文坛盛举荟群英。唐风常沐成大雅，宋雨多滋瑶笙生。　　嘉奖获，共雕龙。繁星闪耀曹南空，擎纛追梦凭种玉，韵海扬帆笑语盈。

◆ 冯荣乡

赞商都

千年古县磐石城，现代商都大名鼎。
地灵人杰风宝地，圣人辈出层无穷。
大禹治水救百姓，商汤建都第一名。
伊尹辅佐称元圣，箕子仁德仁圣称。
兵家还有圣吴起，胜之传授农业经。
燕肃智多传科学，庄周传道兴文明。
当今商都更兴盛，超越前人展雄风。
人才济济如春笋，龙腾虎跃显本领。
县委绘出新蓝图，政府落实阵前冲。
高楼大厦遍地立，招商引资显威名。
农业年年大丰收，产粮大县美名称。
经济发展步伐快，百姓食足衣又丰。
政通人和民心乐，国泰民安小康成。

注：此作获"大美曹县"诗词征稿三等奖。

学书有感（古风）

花甲古稀八十翁，寒暑穿梭翰墨中。
临池不辍学到老，苦钻深研扬传统。
锐意创新随时代，篇篇书写党恩情。
特色社会江山美，施展技艺攀高峰。

庆香港回归（古风）

满清政府割香港，丧权辱国不可忘。

伟大英明共产党，振兴中华屹东方。

人民十亿斗志昂，齐心协力收宝港。

百年国耻今日雪，炎黄子孙都荣光。

赞连长（古风）

一

朝鲜战场好儿男，一举奇袭白虎团。

抗美援朝写青史，毛金主席同接见。

二

赴朝回国戍彭城，不求名利不贪功。

兢兢业业建国防，英雄本色永葆红。

三

五八驻徐三十三，古稀加三菏相见。

英雄不减当年勇，精神抖擞话非凡。

◆ 刘 翔

雪 赋

悄无声息飘满地，银装素裹似纱衣。

笑问谁家喜嫁女，缘是上天接地气。

注：此作获"大美曹县"诗词征稿三等奖。

游八里湾有感（新韵）

清波潋滟沐春光，黄柳参差竞短长。
三五幼鸭凫绿水，六七闲客钓残阳。

踏春（古风）

天高气爽春风汇，周末赏景不愿归。
油菜黄萼片片碎，鸟语花香惹人醉。
杏梨桃李花期追，蜜蜂彩蝶展翼飞。
大美曹县时光贵，年年岁岁熠生辉。

玉米（古风）

夏播种子发胚芽，生长历程四月跨。
金秋时节收获季，田园遍地黄金甲。

观花偶感（古风）

月季正盛艳，绿叶来相伴。
秋高气爽时，婀娜花灿烂。
闲暇逛庭院，烦忧皆抛散。
人生亦如此，何愁万事难？

教师节献礼（古风）

一支粉笔写春秋，两袖清风白发稠。
三尺讲台育桃李，四季耕耘无索求。
蚕丝吐尽心未老，蜡炬成灰泪竭流。
金风喜迎教师节，丹桂飘香歌满楼。

月季花开（古风）

绿叶彩萼竞相开，为有春光放异彩。

虽无牡丹花富贵，却留芳香每月来。

◆ 刘传旺

守朴（古风）

国富金玉贵，吾爱粗布衣。

深知果民腹，一粟抵万金。

咏和氏璧（古风）

古来有真玉，朴拙无人识。

亏人不渝志，终得成国器。

上班早行（古风）

早起不觉寒，骑车迎面行。

霜压千里野，正是在征程。

思念（古风）

昨夜入梦好，依稀皆旧人。

遍寻同学里，只是不见君。

◆ 刘进法

雪　梅

玉雪飘飘落元夜，红梅争艳一朝开。

问梅曾著几分白，有约相期雪里来。

注：此作获"大美曹县"诗词征稿三等奖。

巡逻（古风）

铁马戎衣走天下，高山大漠即为家。

边疆海岛展鸿翼，岂让豺狼舞爪牙。

过秦岭

万里秋山万里程，忽闻空谷雁鸣声。

从来古道远征客，长恨依依惜别情。

守边关（古风）

万里从戎守要塞，营盘不见桃李开。

雪压边城侵寒夜，铁马冰河入梦来。

庆祝建党百年（古风）

当年赤子会嘉兴，红船建党救苍生。

举旗抗战赢天下，劈路开山国运宏。

岁月峥嵘盈世纪，年轻一代又登程。

航天入海寻常事，科技引擎飞速行。

赏 梅

淡淡清香浅浅风，寻芳只在百花丛。

篱笆墙下话春语，梅岭溪边花映红。

◆ 刘艳军

赞圣贤庄子

古远名人甚寂然，庄周大智出鸿篇。

寻常道法分文武，迢递心传合地天。

国士丹青吟日月，家声翰墨韵坤乾。

勤修明德三千载，一世逍遥赞圣贤。

注：此作获"大美曹县"诗词征稿三等奖。

咏庄子

楚裔逍遥远古游，几回蝶梦念庄周。

北疆犬马烟霞色，南麓鲲鹏雨露愁。

天道合时悲喜弃，世间行处画书求。

名篇哲句惊观止，至圣神人赴自由。

颂开国领袖毛主席（古风）

星星火炬燎荒原，辟地开云破敌顽。

战胜老蒋驱日寇，华嵩拨雾换新颜。

曹县青岗集金银花基地采风（古风）

人间四月正芬芳，天女散花溢彩香。

碧叶连天奇丽苑，八方游客慕青岗。

千娇百媚风情展，两朵三簇秀丽妆。

遍地金银财富滚，家家户户奔小康。

游曹县唐庄梨园记（古风）

梨花三月开，摄友采风来。

喜伴春光暖，各寻方便台。

镜头寻画卷，角度自由裁。

手控航拍器，瞬间万象拍。

曹县支援武汉医疗队礼赞（古风）

江城抗疫起硝烟，武汉军民齐动员。

曹县白衣献大爱，鲁南天使冲前沿。

践行使命敢担当，阻抗疫情坚似磐。

不破楼兰誓不返，英雄浩气凯歌还。

临江仙·暮秋

安守新居幽闭户，秋晨笼雾含烟。诗书小札卷轻翻。雨摇千叶落，霜扫万花颜。　　不意芳华遥去远，回眸望却经年。心头况味怎堪言。浮生多少事，梦醒泪潸然。

满庭芳·贺曹县诗词学会成立（新韵）

曹县诗坛，高吟新韵，众人情意浓浓。邀来朋聚，文友喜相逢。旧体新篇绽蕾，召德士、贤纳明诚。岁常在，颂歌不朽，小字赋昌荣。　　鎏金时恰好，轻开书卷，墨染青松。咏佳句，弘扬国粹儒风。沐雨经年递传，挥毫处、乐在其中。诗言志，琴音一曲，杯酒话人生。

自度曲·西来金风

西来金风，漫吹拂，纷披晚霞。试望眼，秋风澄澈，晴川历历。风物与人争潇洒，心事成诗傲虹霓。君应见，昨夜彗星过，光熠熠。　　看苍鹰，搏天际，有块垒，在胸臆。问沉沉千年，舞龙之地。谁能一出携风云，去向万里展雄气。当斯时，我亦挂云帆，沧海济。

◆ 刘颂军

鹧鸪天·赞农村电商

忙了耕田赶网田，农家今日更无闲。购销上线平台阔，淘宝开张好梦圆。　　村貌变，笑声甜。小康路上不歇肩。争说商务真红火，一把烧得赤遍天。

注：此作获"大美曹县"诗词征稿二等奖。

西江月·看央视《平语近人》（新韵）

信手拈来入句，出言活色生香。万千经典耀东方，今用更含厚望。　　领袖当年插队，身边总带书箱。油灯作伴夜学忙，只为神州梦想。

仿满江红·咏红三村

赤字当头,恰正如、三村怒火,熊熊燃、直冲倭寇,恨仇多少?抗战此间皆热土,拼杀百日传捷报。厉鬼除、美誉"小延安",英雄造。　追往日,心不老。光辉史,成家宝。且伟人夸语,至今荣耀。红色基因融血脉,感怀故事难言了。愿君来,展馆去聆听,长歌俏。

仿满江红·祭曹县革命先驱马列主义传播者孔庆嘉

血雨腥风,正觉醒,年轻一代。反黑暗,宣讲真理,浪潮澎湃。办店购书筑阵地,阅读研讨学新派。看鲁西、马列火星燃,添光彩。　兴农运,豪情迈。掀暴动,风云快。有开天之胆,永不言败。铁骨铮铮担道义,雄心烈烈除魔怪。面屠刀、高喊献衷肠,歌千载。

满江红·祭曹县革命先驱抗战司令员朱程(新韵)

故道当年,风云涌,东倭围堵。反扫荡,几番恶战,血流惊目。将领挥刀齐奋起,鬼头斩断夺疆土。灭敌威,正义满胸膛,谁能阻?　施毒气,豺狼舞。拼一死,留忠骨。看冲锋呼号,如鸣天鼓。先烈功高垂史册,爱妻诗泪催人赋。守初心、奋力踏征程,英雄路。

踏莎行·题伊尹贤相

陪嫁身微,言辞高妙,烹鲜治国皆同道。匠心堪为帝王师,商汤拜相歌功劳。　伯乐难逢,识贤如宝,人间才俊显头角。至今故事越千秋,庙前依旧香烟袅。

仿鹧鸪天·马金凤大戏楼

长鸣异乡闻甚遥．荣归久盼喜今朝。楼阁观剧品茗味，赏景亭台步小桥。　　秋水静，彩云飘。寒花吐艳更多娇。忽传鼓乐声盈耳，一片欢呼落凤巢。

自度曲·喜曹县城大道通畅

登高极望顿心宽，大道欲接天。断头路障推开阔，又添绿，枝上禽喧。横纵物流千里，满街商铺光鲜。　　春风给力展新颜，今日一城欢。曾因堵塞多思久，只期待、通畅回环。当谢俊贤引领，为民圆梦争先。

沁园春·观城乡老少联谊文体展演活动见感

粉弄千桃，雪喷百梨，共沐春阳。看城乡联谊，花间步韵；同台歌舞，笑语飞扬。商户云集，货摊争卖，一抹当年故道荒。凭栏眺，正红云飘处，独占风光。　　谁人巧作篇章，今又见、汤陵香火长。更上网淘宝，斗金闪烁；订单蔬菜，鲜溢他邦。观景休闲，安全娱乐，如画农庄演艺忙。留晚照，信小康甜梦，指日堪尝。

西江月·万亩荷塘（新韵）

天赐满塘翠盖，面拂几缕清风。花神六月喜盈盈，约伴鱼儿摇影。　　九曲长桥观舞，云集白鸟争鸣。荷香宴醉忘归程，心气爽爽如梦。

仿沁园春·游八里湾风景区

碧水西来，波荡溶溶，倾注一湾。正远空斜照，晴云朵朵，奇石卧野，时见羊欢。开鉴千顷，粼粼浩渺，点点飞禽归去还。树阴岸，摇重重花影，阵阵香甜。　　望中几缕炊烟，有仙居、八方宾客攀。喜把竿鱼跳，烹鲜共饮，扁舟轻渡，胜似巡天。桥下穿行，飘留笑语，醉在其间已忘年。

重认取，为荒沟泥洼，换了新颜。

◆ 祁万青

参观武植祠有感（古风）

武松武植不相干，二人相距近百年。

大郎中举做县令，邻村美女在相恋。

一日盟友来到访，招待不周结仇怨。

盟友含恨不告走，从此武植恶名传。

金莲原是大闺秀，臭名源自施耐庵。

二郎兄嫂本不识，怎能举刀杀金莲。

众口铄金能销骨，周公也惧谤流言。

劝君事事辨真伪，善良之人美名谈。

到上海（古风）

上海夫如何，刺天危楼多。

黄浦江上流，奔腾一条河。

南京好八连，主席唱赞歌。

步移滩头走，大钟好巍峨。

地铁夜飞驰，恰如驾仙鹤。

重踏松江地，夜眠五富悦。

读《望岳》有感（古风）

工部豪情望泰山，遐想刺天锷未残。

古人山石留余痕，憾事未登十八盘。

人生几回见圆月，诗圣佳句万古传。

自度曲·有感七夕

织女牛郎星汉路。如梦归期，长水晶莹处。烟云穿过寻旧侣。山月天边怀新绪。　重逢相思泪涟诉。暮暮朝朝，情话桂花树。三百六十五恨苦。五千年佳话千古。

自度曲·寻根井冈

信仰皈依地，巍巍罗霄岗。秋收起义失利，救苦道路闯。三湾改编永新，支部连上建立，党必指挥枪。奇计破会剿，风展红旗扬。　黄洋界，烈士墓，茨坪房。八方寻根接踵，誓言好铿锵。翠竹耸干九云，飞瀑直下五潭，意志坚如钢。人生方向笃，正道是沧桑。

◆ 李　子

荷　恋

绿满池塘淑女容，倚亭又见小荷红。

去年始恋情难了，约我今宵会梦中。

注：此作获"大美曹县"诗词征稿一等奖。

春到八里湾（新韵）

园草初萌有似无，东风佛面软如酥。

鹅黄岸柳枝头闹，才女湖边静阅书。

惊　蛰

雷无惊语蛰无声，春挂枝头暖意争。

柳眼惺忪随处好，小虫初醒牛初耕。

重阳节感怀（古风）

枫红水瘦雁鸣霜，桂伴梅菊醉小窗。

忆往曾经春光好，追怀亦有秋果香。

花开不晓诗生意，叶落方知韵留芳。

莫叹人生暮曲短，夕阳放马信由缰。

70诞辰感怀（古风）

一

弹指云烟七秩身，童心未泯仍天真。

红颜不复梦犹在，白首空嗟卑与尊。

瘦笔一支文作伴，诗书几部酒提神。

抚琴何必子期赏，愿做桃源世外人。

二

解甲归原磊落身，扪心未染世俗尘。

十年为宦春光好，半百还家秋气纯。

青壮不知帽有价，古稀当晓德宜深。

无情岁月催人老，浅唱低吟皆是真。

临江仙·山东曹县万亩荷塘书怀

一

苦夏炎天连酷暑，趋车万亩荷塘。凌波并蒂水生香。三千西子梦，一夜现家乡。　　历史名城藏画卷，烟华独占芬芳。人文厚重润电商。忽闻莺唱晓，古邑正繁昌。

二

蕊骨炫开洁似玉。晨霞拱起朝阳。罗裙并蒂浴红妆。清高羞俗客，品正压群芳。　　曼妙清幽人欲醉，莺啼蝶戏花香。几支瘦笔任书狂。八方骚墨客，竞比赛诗章。

仿水调歌头·身正国风廉
——纪念毛主席逝世 44 周年

两袖清风最，律己一生严。诗才敢笑七步，书坛法无前。欲借生花妙笔，立志追随马列，建平等家园。伟绩昭后世，身正国风廉。　　新中国，伟舵手，二七年。太平盛世，经验留给后人研。社稷工农主人，领袖平民无间，当比尧舜贤。红日光永照，德泽万世绵。

仿风入松·新年书怀

迎新辞旧开三元，一夜分两年。光阴似箭匆匆过，心不老，满目青山。几树梅花香雪，霜凌雨打依然。　　新桃更比旧符鲜，古韵谱今篇。白翁弄笔童心染，圆青梦，自我异欢。翰墨清茶笑论，诗词美酒情缘。

一丛花·文人雅聚

莺啼蝶舞芳透襟,共品一壶春。东风正染花千树,杭州小,举座皆亲。邀八九友,泛舟湖上,醋鱼佐酒斟。　　文谊投趣弥足珍,敞扉话语真。开怀不觉新月上,意未尽,撤席推心。挥毫忘法,放歌失韵,抬眼夜已深。

◆ 李祁箐

曹县赋

贯国故地,齐鲁名邑。洪武置县,商汤定都。地脉人文,灿若长虹。

北依仿山,南据宋城。古为莘国,莘之野,伊尹耕处也。历史源远流长。中国芦笋之乡,神州戏曲福地。域内人杰地灵,物埠民丰。

黄河故道若巨龙盘桓,绵绵千里。军家吴起、农家氾胜,贤相伊尹、道家庄周……皆于此。俊杰星驰耀史空,钟灵毓秀名九州。南枕黄河水,北贯蒙泽湖;东望景山翠;西观莱茱祠。烟柳画桥,风帘翠幕,市列珠玑,东西可乘风,南北可逢源,四通八达,自古商贾云集地。

清泉流韵,鱼虾戏苇。氾水、汴水、济水潺潺舞似练。曲径幽幽,碧水莹莹如脱缰野马,出海鲛龙,曲水流觞胜江南。渔舟唱晚,湖溪听月雁阵寒。无峰不奇、无水不秀,八百里湿地入画图。伊尹冢幽,箕子碑丰,望鲁亭外话和平,三千年神韵贯长空。妙哉,厚土载德;人杰地灵;美哉!山河竞秀,蔚然绝胜!

天高地迥,盈虚有数,宇宙无穷。呜呼!星移斗转,沧海桑田。时岂我待?逐日追风。全民共谋大发展,改地换天,龙腾风鬵。跨越发展显雄风,其音眘眘,其志贞贞。上下齐心创伟业,耿耿其心,拳拳其情,同心同德立新功。

注:此作获"大美曹县"诗词征稿二等奖。

游万亩荷塘（古风）

雨后清荷别样柔，伸枝展叶逐水流。
香风袅袅随鹭至，碧叶盈盈接天游。
纵使暑气溢炎夏，为甚烟波起沉浮。
俯仰方能知进退，行歌九日无闲愁。

赏八里湾风景区（古风）

待到春来花事忙，黄发垂髫着新装。
兴来细数绝胜处，曹城十里尽芳香。

环卫工人颂（古风）

戴月披星驱染尘，腰屈未必低三分。
策车挥帚除污秽，当还青天一片云。

对弈（古风）

君挥长车吾移卒，奈何胸中无兵书。
他日若能得神助，与君再战楚汉谷。

致师友（古风）

自诩才情七斗半，囊书远行梦日边。
兴酣挥毫摇五岳，幽畅寻诗步江川。
访山觅画青天外，泻玉品茗浮云间。
孑立孤鹤傲世睐，半斗癫狂亦醉仙。

◆ 李继立

赠友人（古风）

既读洛神赋，又将飞天观。

神女殊可爱，飞仙亦可怜。

二者皆堪羡，古今常慨叹。

我心何所寄，清风花溪间。

春日忆（古风）

又是一年春暖时，风景依稀似昨天。

去年赏花人不在，寂寞春光独自闲。

江南即景（古风）

水如凝碧山似簪，轻舟笑语忙采莲。

日斜西山薄暮至，散落村墟飘炊烟。

◆ 李雪芹

田中劳作

衣袂飘飘恰似仙，拎锄拔草菜畦间。

阿娇岂是田园客，写就诗篇花中眠。

注：此作获"大美曹县"诗词征稿二等奖。

述志（古风）

仗剑天涯梦为马，未及终老不还家。

光阴难复嗟芳华，最忆同吟蝶恋花。

收麦（古风）

田间五月有清香，原是农家麦子黄。
沃野风吹金浪涌，马达声中获新粮。

忆昔收麦（古风）

晨梦只觉莺语乱，麦收之季鸟聊天。
稚童挎篮捡禾穗，翁媪炊饼送田间。

薰衣草（新韵）

陇上花开泛紫烟，仙姿玉骨戏风间。
暗香沁入佳人腑，衣袂飘飘灿若莲。

八里湾遇雨（古风）

一捧闲暇无处遣，初夏同游八里湾。
多情细雨偏同行，摇上车窗把歌翻。

荷趣（古风）

一池葱郁馨香起，万顷青荷翠欲滴。
菡萏因何羞带粉，可怜锦鲤水中戏。

◆ 杨玉汉

水犯郑州

千年一遇雨狂流，怎料成灾虐郑州。
毁路淹田财物噬，困人夺命痛伤留。
三军闻讯洪魔锁，七省援资大爱筹。
党政干群同奋战，中原无恙凯歌收。

夏日骤雨（新韵）

骤雨突来乐世间，欢呼跳跃满家园。
甘泉沐浴清凉享，新绿丛丛画意添。

庆祝建党100周年（古风）

红船载梦破危艰，大道高歌盛百年。
完胜小康华诞贺，齐心逐梦再扬帆。
复兴盛世举锤镰，一意为民梦想圆。
百载功勋辉北斗，再谋远景启红船。

◆ 张玉华

自度曲·天问一号升空有感

烈火腾焰逐天问，海上红霞映金鳞。穿越星空可高攀，驰飞苍穹能容身。　天海阔，仙庭深，银汉作曲云涛吟。遨游太空瞰世界，火星归来拂宇尘。

注：此作获"大美曹县"诗词征稿三等奖。

自度曲·诗丐

风雨飘摇水上萍，但携诗书度平生。清盏能装云羞月，冰盘可盛水褶星。　朝饮露，夕餐风，两足踏尘古今同。孤贫不受嗟来食，且笑狂犬吠不停。

自度曲·江郎才尽有感

横卧秋草一孤坟，千秋岁月连古今。文通赋诗拟作古，梦笔生花无来人。　　重功名，劳身心，人间繁华似烟云。功成名就入萧府，江郎暮年才华尽。

自度曲·中国风

苍山风雨千秋梦，长城蜿蜒亘西东。威龙铁血铸铮骨，鹤发丹心斗苍穹。　　天行健，气如虹，飞龙在天豪情纵。坤德载物容天下，举世瞩目中国风。

◆ 陈　力

自题（古风）

书山觅雅居，瀚海了尘心。

莫问身归处，煮茶论古今。

自度曲

月中桂，阅尽红尘千般味。千般味，朝雨暮雪，秋菊冬梅。　　断桥黄花香尤远，长笛一声几人醉。几人醉，莫谈风月，徒惹心碎。

◆ 赵自强

清明随笔（古风）

天地正清明，早芽绿意浓。

仲春桐始华，交会初见虹。

城郊踏青去，快意似游龙。

折柳缅先人，寄寓世昌荣。

秋夜感怀（古风）

野旷天低目苍山，秋风微起倍觉寒。
孤宿塞外夜行宫，醉卧榻前叹流年。

自度曲·竹林问道

竹林听雨笛声飘，风卷翠枝摇。亭台楼榭雾蒙，锦鲤涓流小桥。　神溢飞扬，鸣抒衷肠，别绪难消。他日谈拳试剑，纵论武林群豪。

自度曲·咏竹

晨风潜入林，试把君来拂。诉尽情思腹中空，高屹云深处。　文人添语丝，墨客诉笔诸。清风亮节品自高，贤雅皆倾慕。

自度曲·寂秋

霜雁南飞凌云，重阳白露寒凝。银杏洒落黄金地，息枝鸟雀三两声，昼短百草轻。　笑观路上行人，长衣戴为穿行。城郭乔木萧萧落，秋水沉碧鸟飞临，深秋不了情。

◆ 赵清社

曹县赋

古都曹县韵事多，商汤迎来第一波。

定都曹县把政施，伊尹为相正山河。

古迹遍地寻觅处，古庙古墓道芳踪。

汤陵燕陵伊尹祠，箕子微子莘仲墓。

安陵堌堆青堌寺，黄河故道兵马楼。

八里湾和五里墩，处处典故处处情。

今日曹县大不同，新人新貌新风景。

条条大道通四方，座座高楼秀苍穹。

夜来景色知多少，灯火阑珊不夜城。

南北夜市走一走，风味风情别样浓。

注：此作获"大美曹县"诗词征稿三等奖。

贺诗词学会年终总结大会

东风劲舞暖心房，大地回春着绿装。

笔墨传承千古事，梅开三九胜朝阳。

咏 梅

寒冬孕育腊梅花，风雪霜飞绽玉华。

历尽磨难成正果，品行高尚众人夸。

江南小聚（古风）

芳菲四月聚江南，楼阁遥望纵目观。

繁花锦绣揽眼底，车水马龙奔四边。

闲情逸致宾上客，举杯畅饮做酒仙。

人生难得醉如斯，饮尽酒色不思还。

自度曲·立秋赏荷

一年一度荷花艳，独依亭楼细目观。塘碧连天尘不染，秋水潋滟晚渐寒。　心中念，长声叹，流年似水谁人怜。赏花飘零行孤单，掬把清风润心田。

自度曲·八一南昌起义感怀

古都西郡，风韵犹存，青史绵延流长。遥想当年，城头炮声响。革命军人义举，缔军魂，点亮东方。虽过往，英名永存，世代相传唱。　今民族复兴，国运昌盛，党恩浩荡。诗兴起，挥毫泼墨颂扬。历史华丽转身，何处觅，军歌嘹亮。忆往昔，历历在目，杯酒敬群芳。

◆ 赵德聚

夏日树下小憩

满树冷翠送清凉，绿草作簟梦初长。

若非鸣蜩来相唤，此身已到白云乡。

注：此作获"大美曹县"诗词征稿三等奖。

芦荻（古风）

瑟瑟芦荻郊原风，千年寂寞河边生。
阴雨晴明两无谓，何曾折腰冰雪中。

夜来香（古风）

澹荡清风细柳斜，草虫低鸣眠万家。
寂寂秋夜凉似水，一轮皓月照幽花。

雨中江边漫步（古风）

暮春江边万象衰，江水呜咽悲风徊。
落花片片随水去，冷雨濛濛扑面来。
雨打浮萍萍心碎，风吹细草草容哀。
天涯游子思归路，杜宇啼血杜鹃开。

自题寒舍（古风）

堂前檐后树成荫，深居高楼远芳尘。
梁间社燕四五只，窗台幽兰三两盆。
闭目养生小神仙，开口读书大富人。
摧眉折腰惭陶令，名利于我如浮云。

秋雨（古风）

黯云低沉风凄凄，秋雨绵绵无尽期。
放眼惟见叶飘落，终日不闻雀啾唧。
烟霭轻笼楼宇静，道路空馀车马稀。
天赐良辰肯抛掷，宅进小楼温古诗。

春日郊游书所见（古风）

东风吹破千层冰，太行堤河水盈盈。

天边骄阳分外艳，河畔宠柳别样青。

纸鸢似于云外飞，游人如在梦中行。

四时最是春光好，风景如画画不成。

◆ 姚宗亮

曹县赋

平畴沃壤，礼仪之邦。历史悠久，源远流长。古称景亳，商王成汤。依黄河故道，尤母汁哺养。雄踞鲁西南，比邻苏豫皖。中有八里湾，碧波潋滟；城含蒙泽湖，水澈镜嵌；西拥万亩荷塘，旖旎无限。融秀水之神韵，聚天地之灵光；凝日月之精华，铸"商汤第一都"之辉煌。似龙头高昂，如雄鸡啼唱。竞千年风流，书大美华章！

悠悠曹县，史迹斑斓。滔滔黄河，述说古今嬗变；黄泛文化，演绎沧海桑田。石器文化，堌堆兴焉。龙山文化，殊勋昭然。清代八景，遗迹可鉴。莘野春耘，耕陌牧阡。汤陵异木，厚泽仁绵。景山夕翠，苍松蔽天。霸主盟坛，诸侯结缘。驿寺新塔，巍峨跻攀。汉舍嘉禾，瑞兆丰年。九曲洪涛，帆樯高悬。奎阁凌云，蔚为壮观。神哉！古迹之炫炫，文脉之灿灿。

煌煌曹县，青史璀璨。古韵遗风，滋润一方家园；丰功伟业，播扬千古英贤。商汤鸿志，建亳涂山；丞相伊尹，烹饪祖先。箕子胥余，商末三贤，文韬武略，拓疆朝鲜。大禹治水，造福人寰。吴起兵法，军事经典。氾胜之书，农学大观。庄子哲学，道家立言。冲天将军，黄巢揭竿。尚书李秉，仗义执言。安氏作璋，学识博渊。中将建起，奉献航天。伟哉！盖世英杰，千古流传！

巍巍曹县，革命摇篮。红色文化，影响深远。将领孙继先，长征先锋官。强渡大渡河，浩气冲霄汉！昔日"红三村"，美誉"小延安"。刘齐滨，毁家纾难，忠心赤胆；袁复荣，血洒王厂，刚烈浩然；祁致中，挥戈擎鞭，血荐轩辕；王道平，"半壁屏障"，惊煞敌胆；任子健，击楫狂澜，血染单县；王石均，临危不惧，气冲人寰；李明德，视死如归，大义凛然。壮哉！浩气长存，天地偕鉴。

　　赫赫曹县，文化灿烂。碑碣、楹联琳琅，词赋、诗文流传。箕子咏《麦秀之歌》，庄子著《南华经》典。李经野编《唱和集》，徐继孺撰《曹南文献》。文人墨客，彰显风范。戏曲之乡，喜闻乐见。豫剧大师，金凤兰田，德艺双馨，翘楚梨园。书画之乡，翰墨飘香。剑萍书法，淋漓酣畅。荣海泼墨，雄浑豪放。武术之乡，太极拳剑，经年比赛，摘魁夺冠。马氏文广，举重斐然，一门盛名，集俊聚贤。

　　曹县之美，美在景观点缀。八里揽秀，生机盎然。驻足湖心岛，清波粼粼，溪流潺潺。漫步百果园，风光无限，秀色独揽。严冬白雪皑皑，阳春花开烂漫，暑夏密林蔽日，中秋果香林染。奇花艳艳，引蜂飞蝶舞；芳草萋萋，藏虫鸣蛙喧。美哉！生动画卷，锦绣乐园。荷塘稻乡，十里飘香，和风徐来，碧波荡漾。风轻云淡，鸥鸟竞翔。暖春观鱼跃，叠翠藻绿，水清鱼肥；盛夏赏荷花，如霞似霓，沁人心脾；深秋看采菱，倩影漫荡，细浪吟唱；隆冬咏雪景，冰河莽莽，素裹银装。太行银河，碧水凌波。宛如伏地卧龙，恰似银河流淌。城市客厅，姹紫嫣红，亭台楼榭，河湖交融。善哉！恒念润泽之功，不忘孕育之情。曹南文化，词赋典雅，诗社文献，叹为精华。金楼栖凤，拳拳乡情，金曲凤鸣，炉火纯青。广场晨晖，舞姿优美。安陵松柏，日月同辉。

　　曹县之秀，秀在人文丰厚。五馆一中心，科技展新容。文化一条街，笔舞起雄风。金凤戏楼，赏心悦目。耕夫草堂，雕梁画栋。霓虹灯塔，光耀苍穹。二十四孝图，栩栩如生。商鼎雄立，巧夺天工。社区广场，曼舞歌咏。万户千家，其乐融融。曹县大地，毓秀钟灵。人文精神，薪火相承。

曹县之壮，壮在改革开放。天道酬勤，花遂人愿。时逢盛世，天赐机缘。城市建设，美丽蜕变。高楼耸立，巍峨壮观。京九铁路，达海通边。高速公路，县境贯穿。物流其畅，车行其便。生态廊道，绿意盎然。公园广场，彩灯喷泉，小桥流水，美轮美奂。碧野良田，芦笋盛产。工艺出口，效益斐然。地下煤炭，旷世资源。特色经济，强劲发展。项目建设，凯歌高旋。电子商务，佳话频传。明星企业，灿若河汉。招商引资，敢为人先。创新创业，持续登攀。如诗如画，如梦似幻。彩笔可描，气象万千！

今日曹县，魅力正添，龙骧鹏举，地阔天宽。千年古城，饮誉大平原；醉美曹县，傲立鲁西南！吾生于斯长于斯，心为之动，魂为之牵，亦骈亦散，欣吟成篇。谨以拙文，虔奉曹县！

注：此作获"大美曹县"诗词征稿一等奖。

中国共产党百年华诞赋

嘉兴南湖，碧波荡漾。一叶红舟，百年沧桑。迎疾风而扬帆，驾长空以远航。似利刃出鞘，刺穿冥冥长夜；犹雄鸡昂首，啼唤一缕曙光。斯乃华厦英杰，壮志踌躇满腔。举锤镰之旌旗，锻中华之脊梁。救倒悬之黎民，复破碎之国壤。任雄关如铁，唯信仰是钢。立丰碑于天地，铸伟业之辉煌！

忆昔五四潮涌，学子热血沸扬；呼号反帝灭封，神州雷震激昂。犹有北李南陈，怀著革命理想；宣传马列主义，先贤相约建党。上海一大，浦江泛光，潜向南湖，红船启桨。南昌起义，打响第一枪；秋收暴动，朱毛会井冈。燎原之星火，点燃城市村乡；赤旗之漫卷，染红海川山冈。征程两万里，苦旅风雪雨霜；五次反"围剿"，穿越惊涛骇浪。四渡赤水，突破乌江。大渡桥横，铁索寒光；飞夺泸定，虎啸龙骧。雪山草地，淬炼成钢。遵义会议，润之领航。挽狂澜于既倒，拨乱云之腾翔。历千劫而坚韧，涉万险而铿锵。雄哉！革命意志，令云天失色；长征精神，与日月争光！

至若日寇铁蹄，践踏侵我国壤。共产党人，赤旗高扬；立马横刀，驰骋疆场；前赴后继，慷慨悲壮！出征平型关，声威荡气回肠；首战班师告捷，功标千古流芳。百团大会战，布阵天罗地网；金戈铁骨铮铮，倭寇魂飞胆丧。转战太行山，歼敌浩气雄壮；浴血黑土地，抗联英勇顽强。山河低吟感泣，八烈女绝境投江；狼牙柏寒啸鸣，五壮士峭壁国殇。国共合作，结统一战线；同仇敌忾，凝磅礴力量。血战台儿庄，忠勇固金汤。精诚赢大捷，运河青史扬。抗战十四年，功成于华夏；挥兵百万众，气贯山河壮。悦哉！日寇末日终至，新生国家酝酿。

然则外侵方平，内战尘嚣日上。保卫民族和平，重庆谈判协商；争取人民自主，肝胆相照弘彰。山城唇舌交锋，沙场阵马风樯。西柏坡前，挥缨金瓯，中原逐鹿，旌旗猎扬。鏖战辽沈，攻克平津，决胜淮海，渡过长江。气势如虹，锐不可当！横扫秋风，尽荡蒋氏王朝；催生社稷，政协磋商国纲。开国盛典之日，北京金秋流芳；天安门上阅兵，五星红旗飘扬。壮哉！巨龙腾云飞舞，世界为之震荡；雄狮昂首站立，中华挺起脊梁！

自此日出东方，环球举目瞩望。中枢引领，开来继往，励精图治，自主安邦。谋民族之复兴，探正道之沧桑。弘跋涉之伟力，众同心奔康庄。纳民生于方寸，承纲领而自张。治国理政，特色之旗高扬；秉持创新，改革济世经邦。科技当先，国防雄壮。爆两弹惊环宇，聆一星奏天唱。进取九天，探月采壤。"悟空"号，寻暗粒之踪；"天眼"靓，觅脉冲之望。火箭射发，腾霄汉而"长征"；"嫦娥"舒袖，采月宫之天壤。赴火星之旅，远涉"天问"；登量子之峰，挺跃"九章"。"奋斗者"入海，"北斗号"定航。国产航母入役,银鹰蓝天翱翔。开发核电技术,环保能源显彰;乡村振兴战略,田园牧歌悠扬。尔乃疫情突袭,病毒来势猖狂;研制疫苗,护佑黎民安康。伟哉!接力一百年,扬帆而击楫;开局十四五,宏业铸辉煌!

嗟呼!一百年风雨,党旗映于朝阳;九千万党员,忠诚源于信仰。回眸我党,苍茫中腾骧;遥思我党,砥砺而自强。初心筑梦,遐志耀光。接力传薪,民富国昌。雄心之壮志,惟大任而堪当。经国之大业,实干兴家邦;国策鼎新,人心所向,党风淳正,所归众望。严已自律兮,修齐治平;勠力齐心兮,甘苦同尝。是谓党是国之魂,秉中华之命运;民是国之本,植江山之沃壤。试看历史之演进,唯我中国共产党!

庚子战"疫"记

庚子年初,料峭依旧。苍苍暮雨,淼淼寒流。戾疫袭荆楚,阴霾遮天幕。新冠病毒蔓延,殃及赤县神州。江汉沉疴,龟蛇泪目。江城凄零悲怆,庶民忧心疾首。病魔肆意张狂,可谓罄竹难书。泱泱中华,敌忾同仇。携手共克时艰,战疫风雨同舟。壮哉!举国倾力,拔剑斩毒!

农历正月初一,中央会议统筹。总书记亲自部署,施决策遏制源头。疫情就是命令,擂响抗"疫"鼙鼓。全民闻令而行,战"疫"如火如荼。果断悲壮"封城",街巷萧条人疏。居家不出户,亲朋不聚首。蜗居就是职守,宅家为国分忧。肩负守土之责,托起生命之舟。善哉!中华民族,可赞可讴!

武汉战"疫",摧枯拉朽。风掣雷动,旌旗高舞。不见硝烟,亘古未有。一方有难,八方援救。十九省市,援鄂对口。白衣天使,义无反顾,逆风而上,挥师荆楚。赴汤蹈火,执刀张弩,于无声处,浴血战斗。灭瘟神于旦夕,拯国难在朝暮。不问归期,不计报酬。无畏生死,不胜不休。护佑生命,感人肺腑。颂哉!可歌可泣,当赞当书!

欣有中央指引，科学帷幄运筹。整合医疗资源，举国全力以赴。委派专家指导，倾情勠力殚谋。抢建方舱，分类施救。秉行应收尽收，患者无一遗漏。雷火医院，十日交付，中国速度，震惊全球。八旬钟南山，医界誉泰斗，挂帅再出征，忠心为国酬；古稀李兰娟，受命赴荆楚，巾帼赛须眉，懿行垂千秋。人民子弟兵，危难显身手，战"疫"冲在前，功勋著风流。伟哉！救死扶伤，英名不朽！

英雄显本色，沧海楫中流。从城市到乡村，从边疆到内陆，铸就众志成城，抗疫群起逐鹿。同时间赛跑，与病魔决斗。不为病毒气馁，不向疫情低头。艰难困苦，以沫相濡。勇气之非凡，信念之十足。凝心聚力，共济同舟。管控举措，世人瞩目。乡村响喇叭，街巷挂横幅。共产党员，挺身而出；初心不渝，中流砥柱。公安干警，严阵值守；社区干部，摸排入户。不分职业，无论老幼，丹心报国，守望相助。"武汉加油！""中国加油！"齐声疾呼，此起彼伏。雄哉！中国力量，汇聚九州！

大疫见真情，仁爱伸援手。社团组织，志愿服务，菜篮送门口，米袋扛到楼。社会各界，鼎力援助。济人之困，解人之忧，捐款献物，情深骨肉。化解抗"疫"诉求，汇聚大爱洪流。英雄武汉，青史悠久，九省通衢，江城锦绣。武汉人民，坚强忠厚。面对疫情，殊死搏斗。荆楚大地，谱写春秋。湖北战"疫"，势如破竹。民族精神，炳耀神州。钟天地之浩气，涵日月之灵秀。惊天壮举，感动寰球。咏哉！中国人民，千古风流！

灾难终会过去，国人感念长留。风雨之后见彩虹，崎岖尽处是坦途。阳春三月，万木竞秀。晴川日沐，汉阳绿树，芳草嫣然，鹦鹉洲头。樱花盛开，蜂喧蝶舞。龟蛇钟灵，楚水毓秀。疫情向好，中央部署，底线思维，未雨绸缪。内防反弹，外防输入。抗疫防控不松手，复工达产创财富。聆听荆楚唱大风，万类苍天竞自由。暖风劲吹扫阴霾，煮茗悦谈黄鹤楼。

秋之赋

岁在辛丑，时序金秋。逢其时也，秋华秋秀。望长空澄澈，看云裳舒袖。田园织锦，稻浪起伏。稼禾披彩，蜂游蝶舞。菊艳欲滴，晶莹剔透。五谷盈丰，垂实如珠。秋果缀而玲珑，秋风爽而拂柳。却道花渐凋谢，知否绿肥红瘦。聆秋声之萧瑟，瞻秋色之灵秀，仰秋云之曼舞，观秋泉之涓流。壮哉！山河锦绣，旖旎神州！

鄙人钟爱秋天，尤喜枫树绚烂。红叶之热烈，层林之尽染。清风丽日，扬晖吐焰。色彩之缤纷，群芳而独艳。千姿异状，尽显娇颜。枫叶之瑰丽，五彩而斑斓。丹枫傲然释怀，风采依旧翩翩。莫论叶落归去，不以飘零悲婉。柔情种种，爱意绵绵。掬一捧秋雨入墨，裁一缕秋风为笺。遥寄秋思，诗韵流年。抒怀醉美秋色，追寻金秋璀璨。

金秋时节，丰稔华年。风情万种，秋韵无限。"稻花香里说丰年，听取蛙声一片。"黄阡紫陌纵横，桑田平畴流丹。春华秋实，稼禾晕染。稻谷笑弯腰，高粱露韶颜。蔗林叠翠，瓜蔓株连。果园飘香，欲滴垂涎。秋日丽天，秀色独揽。望菡萏叠翠，赏红荷遮颜，聆绿水飞歌，携诗韵伴眠。荷花焕彩，笑对婵娟。守望初心，出泥不染。夜来蛙鼓击水，静聆虫鸣弄弦。瑶池婆娑多姿，荷塘别有洞天。游客喜不自胜，把酒临风言欢。相约李白对酌，诗赋天道焕然。

秋夜漫步湖畔，眺望秋水长天。秋风涤尽积郁，秋波荡漾浪漫。但见月色溶溶，当空玉盘高悬。银河闪烁，繁星璀璨。水天澄澈，波影浮现。月明清如水，水清如碧天。宛如仙境，美轮美奂。不禁心如朗月，恍如天堂人间。"此景只应天上有，人间哪得几回见！"至若兴致闲来，携亲邀友雅餐。或对酒当歌，律动抚琴弦；或触景生情，畅怀吟诗篇。

有道人生易老，当数秋色更妍。勿以年轮为限，有志方能梦圆。静听花开花落，坐看云舒云卷。"莫道桑榆晚，为霞尚满天。"逢春而焕彩，遇秋而灿烂。秋乃鹊桥相会，柔情似水绵绵；秋乃金菊怒放，花灿绮丽翩翩；秋乃桂子馨香，傲霜争奇斗妍；秋乃夕阳红霞，晕染霜色流丹。秋日是意象，银河落穹天；秋日是浪漫，层林抹红丹；秋日是芬芳，金风歌丰稔；秋日是思念，千里共婵娟！

自度曲·醉美对子莲

对子莲开花成双。泛红光，竞芬芳。曼舞霓裳，窈窕秀客堂。但使姿韵任飞扬，羞玉颜，扮靓妆。　　润泽生灵雅趣赏。惬意爽，心荡漾。瑰丽清香，温婉兆祯祥。舒展衣袖池中央，犹画廊，满庭芳。

自度曲·曹县诗词学会成立志贺

七月流彩花枝俏。燕舞雀跃，鸟啼林涛。风雅曹南涌诗潮。一帜辉耀，引领风骚。　　俊贤挥毫韵律敲。遣词维肖，曲赋飘邈。弘扬国粹颂今朝。儒风袅绕，韵海听涛。

荷塘览胜（古风）

清幽菡萏引蝶恋，傲立瑶池映丽天。

薰风绿裙蓬翩跹，碧波流韵蕾羞颜。

玉洁冰清茎无瑕，出泥不染自贞廉。

水光倩影晴方好，身在画中恍若仙。

荷塘月色（古风）

一叶莲舟荡夕阳，几抹流霞染荷塘。

菡萏婆娑舞霓裳，残月羞容藏艳芳。

蛙鼓戏水吟箫声，虫鸣弦歌诗韵长。

远离红尘情怡爽，雨过消暑送清凉。

荷塘之约（古风）

秋色宜人观荷塘，碧叶摇曳舞霓裳。
睡莲含苞揽玉娇，芙蓉出水吐芬芳。
娉婷玉立尘难染，洁身葱茏润荷香。
树影婆娑蛙击鼓，红蜓飞歌诉衷肠。

春笋（古风）

嫩竹尖尖喜逢春，破土融风不爱尘。
莫为无花空自叹，清名一生留后人。

春之韵（古风）

东方风来满目春，铺青叠翠香醉人。
桃红柳绿景如画，春光无限传佳音。
环卫治理齐参与，城乡环境日日新。
共圆中华复兴梦，干群携手绣芳春。

◆ 袁志臣

元宵节（古风）

火树银花度元宵，汤圆美口众情豪。
陈年老酒壮行色，广袤千里涌春潮。

葡萄（古风）

葡萄架前左右看，几多嘟噜几多串。
球果饱满青变紫，原本酸涩老来甜。

无花果（古风）

堂前有株无花果，观之总觉甚蹊跷。

后知花藏花托内，避虚求实品自高。

咏菊（古风）

笑对西风秉性痴，一花独放蕊称奇。

待到天高群芳谢，恰是冷艳傲霜时。

曹县赞（古风）

曹县大地展新容，招商引资显奇能。

街道两旁群楼起，开发区里百厂兴。

蒙泽湖畔百花艳，人民广场华灯明。

多亏领导眼界宽，排除万难奔锦程。

◆ 聂元东

所 见

稻花畦畔荷花红，小径深处草青青。

不知谁家乳燕紫，轻展绒翼窥莲蓬。

注：此作获"大美曹县"诗词征稿三等奖。

初送"烟花"雨后（古风）

野云明霁色，晚霞照平畴。

路边杨柳折，渠满水溢流。

乡儿不解怨，漂鞋嬉自由。

愿得明日晴，还可收半秋。

游梁山（古风）

城郭绕水水绕山，青石循迹过雄关。

游览何须寻芳甸，聚义堂下卧梁山。

清明（古风）

清明垂柳细丝长，酒浇哀痛酒也伤。

纸钱不烧相思泪，残门锈锁无高堂。

咏荷（古风）

荷塘万亩荷花开，靓男倩女今又来。

低头问花花不语，粉面含羞半张开。

脚穿长靴藕连丝，腰系襦裙碧玉裁。

舞出婀娜婷婷姿，蝶飞蜂吟戏莲薹。

若非瑶池降仙子，怎得梦里仍萦回。

孙膑旅游城（古风）

仪城风骨何处寻，旅游城内树荫深。

石车催马载不动，坐听金戈斧钺音。

魏家殿堂膑刑苦，马陵道中箭穿心。

断戟斑驳曾饮血，铁衣锈色写功勋。

一生谋略传千古，国祚万年祭英魂。

◆ 贾炳坤

春风（古风）

春风也疯狂，折柳摧断杨。
毫无惜花意，满地落残黄。

游万顷荷塘（古风）

万顷碧波万重浪，万朵荷花万里香。
荷叶欲在水上走，缕缕藕丝牵衷肠。

醉酒（古风）

玉液琼浆配佳肴，三杯过肚皆话唠。
难得今夜一场醉，神仙安比我逍遥。

二月二自诩（古风）

独立阳台向窗外，告知苍穹真龙在。
我于今朝将头抬，呼风唤雨翻四海。

洪灾（古风）

暴雨连日入凡尘，天灾无情人有心，
橄榄军衣水中卧，甘用身躯作渡轮。

◆ 徐广征

西江月·咏荷

故道晴空平野，惠风湿地家园。太行堤上醉芳烟，荷韵悠悠缱绻。　冲浪小舟轻快，凌波翡翠清圆。人文绵厚古曹南，玉藕皎白不染。

注：此作获"大美曹县"诗词征稿二等奖。

致诗友

万物杂然惹漫郎，奇葩小草弄诗章。

柳丝抽蕊吟春色，花朵飘芳感艳阳。

苦乐童年常入梦，清浊小酒自飞觞。

平畴漠漠甘霖过，也趁新鲜采露香。

观钓者（新韵）

风掀细浪媚波生，两岸崎岖嵌老翁。

垂柳犹梳河面上，杂花还闪草丛中。

苍苍高树鸣闲鸟，灿灿夕霞炫彩绫。

静望无言秋意好，何人得钓过江龙。

怀 旧

入夜高楼赏管弦，声声豪放忆华年。

登峰似鸟极巅走，攀树学猴险处缘。

遍览壮词思大海，偶执长剑过群山。

此情霜鬓空追想，笑慕儿郎上远天。

中秋偶感（新韵）

月正团圆分外明，携书欹枕卧窗棂。

金颜灿灿花香满，珍味习习果色浓。

接力催人正擘画，扬帆顺向已航行。

天云若与风波起，奋臂撑篙破雾程。

迎春（新韵）

虎跃龙腾万象新，彩灯高挂正良辰。

千家举酒萦和气，万户欢歌尽瑞音。

野外风清金鸟舞，窗前炉旺美食臻。

同心踔厉何舒畅，最是拳拳铸梦人。

北京冬奥赞（新韵）

冬奥龙腾瑞气扬，立春虎跃竞逐忙。

高山飞雪驾云舞，赛场旋冰带鸟翔。

敢取金牌荣赤帜，又接盛世赋华章。

五环携手前程阔，江海清流岁月长。

鹧鸪天·中秋之夜（新韵）

雨后冰轮照小楼，千杯琼液醉心头。长空澄碧清风爽，瓜果香甜笑语稠。　　金月饼，玉石榴，小康岁月唱悠悠。会将豪兴添神力，高挂云帆争上游。

长相思·叶子（新韵）

云匆匆，日匆匆，佳木繁荫沐雨风。金秋硕果红。　　暖春青，暑天青，飒飒枯黄归一程。落飞无怨声。

沁园春·全国文代会召开感兴（新韵）

燕山冬寒，文坛炉暖，盛会空前。望天安门上，气昂神定；群贤席里，志沸情宽。百岁回梳，初衷澄澈，使命担当负铁肩。举旗帜，纵惊涛骇浪，不改容颜。　　清风鼓振江山，皆激奋，挥毫起巨澜。再根植沃土，铿锵诗韵；心怀道义，茁壮黎元。种月耕云，同歌同向，助力神龙飞宇寰。追梦路，看万花齐放，竞做中坚。

沁园春·北京冬奥兴怀（新韵）

岁开新春，梅绽喜讯，雪舞豪情。看恢宏启幕，旌旗雷动；神奇表演，妙手天成。源远河长，根深苗壮，数百英姿华夏红。火光炯，照五洲嘉客，逐梦追风。　　奥林催绽新容，展盛世，宏图瑞气盈。喜重任担负，简约办会；浩胸筹划，精彩飞虹。江美山娇，龙吟虎啸，跨电腾云竞顶峰。齐欢唱，愿煌煌奖项，俊我长城。

◆ 高巧云

行香子·游万亩荷塘

细雨洋洋，几许清凉。随闲心、一探清芳。蝉鸣高树，鹭点池塘。更花含羞、风含路、叶含香。　　红砖青瓦，回廊水榭。与谁开，潋滟红妆。长亭斜倚，静数时光。且一分诗、三分酒、几分狂。

注：此作获"大美曹县"诗词征稿一等奖。

自度曲·有感天阔老师《周书记的一记耳光》

不过半钵肉,道是太寻常。病种何以慰问,未语泪成行。昔日家产变卖,有送儿郎抗日,烈士满门殇。　如鼓响,如雷动,似钢枪。耳光一记,严以律己勇担当。但使情怀磊落,牢记扎根何处,得失又何妨。不忘曾宣誓,国泰民安康。

西江月·游万亩荷塘

风过池前翠卷,云来波上红翻。回廊水榭影翩翩,漫舞霓裳旋转。　白鹭田中飞去,鱼儿叶下寻欢。寻寻觅觅那枝莲。前世今生才见。

卜算子·重阳

本是雅中花,偏向篱边住。只许芳心认露华,才把清香吐。　盼咐雁归时,寄我幽幽语。记得重阳把酒人,月在家乡处。

喝火令·中秋有思

月洒庭中树,灯前话语温。借来词句赠冰轮。笑我一番痴梦,今夜怎消魂。　最恨银屏月,关山有远人。酿来新酒共谁均。借问秋风,借问雨纷纷,借问素笺残墨,莫让翠眉频。

喝火令·贺鲁西南文苑

鲁地风光好,曹州喜讯传。又添佳话谱新篇。秋色醉吟文苑,四海聚英贤。　恰是中秋至,欣逢国庆连。素笺青墨唱丰年。一笔华章,一笔赞河山。一笔梦怀家国,只上九云天。

卜算子·狂浪春风

才许满树开，又把佳音负。常做轻狂浪公子，一路风沙舞。　　邀约未成行，料峭春寒误。小径樱还在否，怅怅窗前驻。

卜算子·踏青

春风徐徐吹，杨柳飘飘舞。才谢红樱梨又白，半数胭脂雨。　　田野绿含烟，村陌笼轻雾。斜坐河边嗅春泥，勾画诗词句。

一剪梅·春雨春雪

春雨丝丝万物生，远看杨柳，近看东樱。海棠沉睡唤不醒，艳了桃花，误了黄莺。　　应是人间未了情，一怜消融，二叹梅轻。奈何总是梦中轻，雪里相逢，雨里相迎。

西江月·今夜下弦月

楼外蝉鸣季夏，窗前蛩闹初秋。几分灯火为君留。曼把新茶来嗅。　　等得月儿厌倦，下弦蹙若银钩。廊檐斜挂说还休，遣梦门声轻扣。

◆ 高惠娟

蝶恋花·周末与闺蜜赏牡丹

木末芙蓉披锦绣，香气清芬，阵阵春风透。富贵雍容花占首，仪姿不为闲愁瘦。　　走向花前香染袖，喜上朱颜，如饮桃花酒。柔语轻声陪左右，同游直到黄昏后。

◆ 韩淑静

蝶恋花·咏牡丹

红紫千重妖色暖。纵是林深,亦引游人叹。花带斜阳深复浅,时人争把熏风羡。　独倚朱栏思虑远。富贵词章,唐宋千千卷。一绽倾城空巷看,兰亭谷雨双双燕。

◆ 程洪春

春　吟

夜濛新霁碧空净,晨起露花透晶莹。
燕语莺啼鸣翠柳,蜂飞蝶舞绕花层。
馨香油菜麦苗壮,荏苒阳光风暖轻。
魔瘴消除人惬意,复工复产劲新增。

注:此作获"大美曹县"诗词征稿三等奖。

和平鸽（古风）

目睛大厦海山冲,瓦青灰白小精灵。
环绕迂回展劲影,递传报晓唱黎明。
口衔橄榄导友谊,语寄痴心邻睦宁。
险境身居途漫漫,古存史册誉有名。

老班长（古风）

青春服役戍边关,站岗巡逻斗御奸。
保护弟兄失臂膀,严防秘密隐身颜。
复员工地谋生计,尽守职责葬怨言。
两友巧合突撞见,泪崩拥抱动苍天。

曹南诗词

◆ 蓝守云

孟春雨夹雪（新韵）

弟兄两个勇出征，细雨淋浇瑞雪濛。
红杏俏枝苞蕾笑，蜜桃鼾睡智神清。
寒冬说诉来春早，雷闪沉然断作声。
牛气冲天接鼠位，瘟毒退避顺年丰。

赞西藏边防军人（古风）

喀喇昆仑起狼烟，犯境阿三操旧盘。
铁旅守关巧摆布，雄师征讨灵周旋。
棒石飞舞破敌阵，拳脚相加战寇顽。
血洒边关风采展，忠魂留在雪高原。

春草（古风）

水边原上春草生，犹厌车马不入城。
野渡无人关我事，笑看桃李斗春风。

春雪（古风）

春雨带雪入草丛，不向疏篱遍晶莹。
一幅青绿山水好，化作笔洗染画工。

春花（古风）

不似夏日百花红，不如秋菊瘦从容。
只待春梅香放尽，羞羞怯怯露峥嵘。

庚子十一月十四夜大雪（古风）

临窗又忆絮女才，千树万枝梨花开。
地作舞池天为幕，仙子素衣离瑶台。

春游八里湾感怀（古风）

两年不到城南游，曲径春深翠满楼。
蓦然回首水云里，可有柳岸抛钓钩？

◆ 潘金存

万亩荷塘观荷咏

东风皱水遣思怀，绿叶托承紫蕊开。
桂棹楫波轻泛渡，谁家少女采莲来？

注：此作获"大美曹县"诗词征稿三等奖。

游万亩荷塘（古风）

春光明媚微微寒，三五游人九曲转。
池中残荷根根立，风戏杨柳芦花残。

贺曹县诗词培训班开班（古风）

冬日虽寒今古暖，名师传论李杜贤。
曹州古韵群英聚，众人吟诗谱新篇。

曹县荷花节（古风）

青荷万顷连天碧，清香拂面精神奇。
花中仙子舞迎客，美景难忘客痴迷。

观荷（古风）

含羞娇蕊醉香怀，出浴仙容月下开。

船桨轻摇穿碧影，采莲曲唱踏波来。

元旦（古风）

风催雪花舞蹁跹，梅笑枝头不夜天。

往日异乡辞旧岁，如今故里过新年。